L'AFFRANCHISSEMENT

DES

GRECS.

PIÈCE QUI A REMPORTÉ LE PRIX DE POÉSIE DÉCERNÉ PAR L'ACADÉMIE
FRANÇAISE DANS SA SÉANCE SOLENNELLE DU 25 AOUT 1827.

PAR PIERRE-AUGUSTE LEMAIRE,

AGRÉGÉ DE L'UNIVERSITÉ AU COLLÉGE ROYAL DE SAINT-LOUIS.

A PARIS.

DE L'IMPRIMERIE DE FIRMIN DIDOT,

IMPRIMEUR DU ROI ET DE L'INSTITUT,

RUE JACOB, N° 24.

M DCCC XXVII.

NOTE.

L'auteur voulant renfermer son sujet dans un cadre régulier, a choisi pour le lieu de la scène Épidaure; pour le temps et l'action, l'ouverture de l'Assemblée nationale des Grecs (6 avril 1826). C'est en effet de cette *première journée* que la Grèce datera le rétablissement de ses lois et de sa liberté.

L'AFFRANCHISSEMENT
DES GRECS.

Μὰ τοὺς ἐν Μαραθῶνι*!
Par les héros de Marathon !

Quand le maître des cieux retirant son appui
Aux coupables mortels révoltés contre lui,
Les abandonne au bras qui punit les offenses ;
Alors, ministre affreux des célestes vengeances,
Le tyran sur l'esclave appesantit les fers,
Et les grandes cités se changent en déserts.
Mais Dieu veille toujours ; et, si dans sa misère,
Le peuple humilié le nomme encor son père,
Dieu brise enfin sa chaîne, apaise ses douleurs,
Et fait luire l'espoir qui doit sécher ses pleurs.

Le voici, fils des Grecs, ce jour de l'espérance :
Oui, la croix nous répond de votre délivrance ;
Oui, triomphe au guerrier, qui bravant le trépas,
Sous l'étendard du Christ meurt et ne se rend pas !

---

* C'est le serment des paysans grecs, qui jurent encore par les mânes des anciens héros de leur patrie. (*Voy.* M. Pouqueville.)

Quand le glaive à la main votre vaillance abjure
D'un joug spoliateur la détestable injure,
Les décrets éternels consacrent vos exploits :
La guerre est un devoir à qui défend ses droits.
Allez ; agrandissez dans les murs d'Épidaure
Cet empire chrétien qui se hâte d'éclore,
Et défenseurs pieux de l'austère équité,
Sous l'égide des lois fondez la liberté.

Déja de l'Orient la jeune messagère
Mêle aux flots de Saros une pourpre légère ;
Déja dans le lointain Égine et ses coteaux,
Comme autrefois Délos, semblent sortir des eaux ;
Et le port, dans ses murs abandonnés naguère,
Étale aux yeux surpris l'industrie et la guerre.
Tout à coup les échos, long-temps silencieux,
S'éveillent, étonnés de porter jusqu'aux cieux
Ces accents oubliés, cet élan d'allégresse,
Qui d'un peuple héros peint la brûlante ivresse.
Épidaure s'agite en ses vieux fondements ;
Des demi-dieux éteints, sous leurs froids monuments
La cendre se réchauffe, et leur flamme guerrière
Au cri de liberté renaît dans la poussière.

Vers le temple aussitôt s'avance le sénat :
Majestueux vieillards, ces pères de l'État
Partout du feu sacré raniment l'étincelle.
Salut, Amphictyons de la Grèce nouvelle !

De ses droits reconquis vénérables soutiens,
Guerriers législateurs, pontifes citoyens,
Salut ! que de vos lois la sagesse profonde
Passe les souvenirs et l'attente du monde !

Tous au pied de l'autel s'arrêtent inclinés,
Et devant le Seigneur saintement prosternés :
« Viens, Esprit créateur ; entends notre prière,
« Disent-ils ; devant nous fais briller ta lumière ;
« Que la Grèce, échappée à son oppression,
« Respire, encor chrétienne, à l'ombre de ton nom.
« Assez et trop long-temps l'insolence ennemie
« Sur nos fronts dégradés imprima l'infamie,
« Et du pays captif s'arrachant les lambeaux,
« Insulta les vaincus jusque dans leurs tombeaux.
« Nous avons vu tes saints écrasés sur la pierre,
« Nos vierges expirer sous le fer adultère,
« Et tes temples souillés par un impur encens
« Du prophète imposteur apprendre les accents.

« O honte ! quoi, toujours ces soldats sans patrie
« Péseront sur le sol de l'Europe flétrie !
« Toujours de ces brigands recélant la fureur,
« Le Bosphore en nos champs vomira la terreur !
« Non : ton heure est venue ; et déja sur leurs têtes
« Les vents qu'ils ont semés amassent les tempêtes ;
« Déja, sous le tranchant d'homicides couteaux,
« Ils ont payé nos pleurs par la main des bourreaux.

« Du sultan novateur l'inflexible sentence,
« Sous un sceptre d'airain courbant leur résistance,
« Par de sanglants chemins les ramène au devoir,
« Et fait gémir leurs rangs foulés par son pouvoir.
« Fléau de ton courroux, ce tigre les dévore;
« Enivré de leur sang, il en a soif encore.
« Ainsi par leurs tyrans tu punis leurs forfaits.

« Mais, pour nous, que ta main est fertile en bienfaits !
« La croix de toutes parts signale ta clémence;
« Racheté par le sang notre empire commence;
« De leur cendre, à ta voix, renaissent les cités;
« Et même, au bruit lointain de nos camps révoltés,
« Attendant un vengeur que ta colère envoie,
« Les murs de Constantin ont tressailli de joie.
« Gloire, Dieu des combats, gloire à toi pour jamais !
« L'Église de saint Paul va refleurir en paix.
« Puisse-t-elle porter la parole de vie
« Aux froids chrétiens d'Europe, aux esclaves d'Asie,
« Et riche de martyrs, après tant de revers,
« Au Dieu de charité conquérir l'univers ! »

Ainsi priaient les Grecs. Le vieux chef de Corinthe *,
Humiliant ce front où son ame est empreinte,
S'avance, et de l'autel adorant les degrés :
« Nous jurons tous, dit-il, sur les livres sacrés,

* Notaras, président de l'assemblée nationale des Grecs.

« Garants de l'acte saint que la Grèce consomme ;
« De dépouiller en nous les intérêts de l'homme ;
« De vivre et de mourir pour le commun bonheur,
« Fidèles à l'État, comme aux lois de l'honneur. »

A ce pieux serment les sénateurs répondent ;
Dans leur vœu solennel tous les cœurs se confondent :
On se lève ; et la foule avec recueillement
Des augustes parvis s'écoule lentement.

Mais bientôt les hautbois, joints aux chansons rustiques,
Font résonner au loin leurs accents pacifiques.
C'est le signal des jeux : ardente en ses desirs
La jeunesse s'élance au devant des plaisirs,
Et dans la plaine, ouverte à ses danses légères,
Entremêle, en croisant ses traces passagères,
Les mouvantes couleurs d'un tableau gracieux.
Tel, aux bords du Céphise, un cygne harmonieux,
D'une douce rosée humectant son plumage,
Court du rivage à l'onde, et de l'onde au rivage :
Bientôt à nos regards sa folâtre gaîté
Sous le cristal des eaux dérobe sa beauté ;
Puis au gré du zéphyr, qui mollement le guide,
Il fuit, esquif ailé, sur la nappe liquide.
Ici, de l'Eurotas retentissent les chœurs ;
Là, les palmes de Pise attendent les vainqueurs.
L'un, fier de se couvrir d'une noble poussière,
Sur un rapide char vole dans la carrière ;

Les autres, emportés sur la face des eaux,
Pressent avec ardeur l'essor de leurs vaisseaux.
Tous s'enivrent de joie; et remontant les âges,
D'un passé glorieux évoquent les images.
O des jours d'Olympie éloquent souvenir!
Les Pindares nouveaux, pleins du siècle à venir,
Se lèvent, et rivaux de l'antique harmonie,
Aux regards des héros allument leur génie.

Mais pourquoi dans leurs rangs, sous un funèbre aspect,
Ces deux lyres en deuil, qu'entoure le respect?
C'est la vôtre, ô mortels nés pour vivre sans maître,
Rhigas, fils de Délos, Byron digne de l'être.
Hélas, ils ne sont plus! mais trompant le tombeau,
Leur absence toujours jette un éclat nouveau.

Dimos paraît, Dimos, portant sur sa bannière,
De l'oiseau renaissant la devise guerrière:

« Le phénix plane aux cieux *. Dépouillant ses vieux jours,
« Il emprunte à la mort son fertile secours;
« Et, puisant au bûcher une vie immortelle,
« Il s'élance! en son œil la vengeance étincelle.
« C'est l'aigle de nos camps! la foudre et les éclairs
« Sous ses ongles de feu vont ébranler les airs.

* Les étendards d'Ypsilanti portaient au-dessous de la croix l'emblème du phénix.

« Que d'ossements épars ont blanchi dans nos plaines,
« Depuis l'heure fatale, où secouant leurs chaînes,
« Les héros de Parga, les martyrs de Souli,
« Bravèrent les poignards du sanguinaire Ali,
« Et des lieux où Dodone enfantait ses oracles *,
« A notre liberté rendirent ses miracles !

« Et vous, jeunes héros du bataillon sacré,
« Qui sous le deuil guerrier par la croix inspiré **,
« Demandiez votre part aux sanglants sacrifices,
« Vous tombez !.... Du carnage immortelles prémices,
« Un revers triomphal vous égale aux Trois-Cents ;
« Et la patrie en vous a perdu son printemps !

« Des sommets de Coron aux rives de Lépante,
« J'ai vu se déchaîner la guerre et l'épouvante ;
« Patras vient d'expirer sous le sabre ennemi ;
« Du Parthénon souillé les marbres ont frémi ;
« Et dans Psara brûlante une attaque hardie
« Sous le sang et les morts étouffa l'incendie.

« Chios, où sont tes arts et ta fécondité?
« Muette au sein des mers, tu pleures ta beauté,
« Tu pleures tes enfants et tes fêtes divines :
« Chios a tout perdu, tout, même ses ruines !

* Les ruines de Dodone sont aux portes de Janina.
** Ils portaient des vêtements noirs et une croix sur la poitrine.

« C'en est fait : le Midi conjuré contre nous
« Vend à nos assassins l'appui de son courroux.
« Le tyran de l'Égypte, égaré par le crime,
« A promis tout un peuple à l'éternel abyme ;
« Et l'impur Africain dans nos climats en deuil
« Semble l'ange du mal debout sur un cercueil.
« Nos braves ont paru : les hordes mercenaires
« Maudissent en tremblant leurs succès éphémères :
« Point d'abri, plus d'espoir : le fer de rang en rang
« Comme à Tripolitza se plonge dans leur sang.

« Voyez ces combattants dont l'élan homicide
« Réveille en nos climats le souvenir d'Alcide ?
« Brillants foudres de guerre, avides de succès,
« Terribles, généreux... j'ai nommé les Français.
« France, tes fils jaloux de nos palmes lointaines,
« Ont le double génie et de Sparte et d'Athènes ;
« Et gravant leurs exploits aux murs du Parthénon,
« L'arrachent à l'oubli qui dévorait son nom.

« Eh bien ! cœurs sans pitié, dont la voix mensongère
« Prend un lâche plaisir à flétrir la misère,
« La voilà cette Grèce avilie à vos yeux !
« Elle venge à la fois et la terre et les cieux ;
« Et seule dans l'arène, elle s'offre en victime
« Pour éloigner de vous le Coran et le crime.

« Notre gloire est à nous ; c'est le prix du danger :
« Qui sut la conquérir, saura la protéger.

« Nous n'attendons plus rien de l'Europe troublée,
« Elle qui s'agitant sur sa base ébranlée,
« Frémit au bruit prochain de ses déchirements,
« Recèle la tempête, et couve les volcans.

« Ah! quand sur nos remparts la croix enfin domine,
« Quand Hydra nous ramène aux jours de Salamine,
« O Grecs, soyons unis: l'écho de Marathon
« De plus d'un Miltiade a répété le nom,
« Et nos soldats vainqueurs veillent aux Thermopyles.
« Reprends ta lyre, Homère, et chante nos Achilles.
« Paros, ouvre ton sein; palais, temples, cités,
« Levez-vous; ranimez vos antiques beautés.
« La Grèce va renaître au milieu des alarmes
« Reine par le génie, et reine par les armes. »

Il disait, quand soudain à l'horizon des mers
Un navire paraît; il vole, il fend les airs,
Et livrant à l'Eurus ses ailes diligentes,
Il bondit sur le dos des vagues écumantes.
Debout sur le tillac un guerrier s'est montré:
L'air sombre, l'œil en feu, le front décoloré,
Il porte dans ses traits, que la colère enflamme,
L'aveu d'un grand malheur qui pèse sur son ame.
C'est toi, fier Canaris! l'exemple des héros,
L'espoir de ton pays, le vengeur de Chios:
Canaris, roi des mers, dont le bouillant courage,
Aux plus puissants vaisseaux apportant le naufrage,

Sur un fragile esquif les poursuit jusqu'au port,
Gouverne l'incendie, et commande à la mort.

Les cœurs volent à lui ; le peuple qui l'admire
De son ravissement exhalant le délire,
Proclame avec transport le nom de Canaris.
Mais lui, sans s'arrêter : «Aux armes ! mes amis ;
« Rendez la force au glaive, au coursier sa vitesse ;
« Rendez à vos mousquets leur foudroyante adresse :
« De nos frères trahis le sang coule à grands flots.....
« Missolonghi n'est plus ! » L'assemblée à ces mots
Pousse un cri douloureux que suit un long silence.
« Missolonghi n'est plus, et demande vengeance.
« Vengeance ! on vous la doit, mânes de Botzaris ;
« Murs sacrés, on la doit à vos sanglants débris.
« J'entends, j'entends encor ces plaintives victimes,
« Alors que des vieillards, des femmes magnanimes,
« Tant de spectres vivants, prodigues de leurs jours,
« Se soutenaient à peine, et combattaient toujours ;
« Alors que ce prélat* saintement téméraire
« Affrontait sur la brèche un péril volontaire ;
« Et la croix à la main, dans ses derniers adieux,
« Criait à nos guerriers : *Martyrs, montez aux cieux !*
« Je les vois ces volcans, dont les ardentes mines
« Sur leurs corps sillonnés entassent les ruines ;
« Du salpêtre embrasé le fléau dévorant ;
« Un peuple tout entier dans la flamme expirant ;

* Le vénérable Joseph, évêque de Rogous.

« Et, sur le noir chaos de ce désastre immense,
« La mort et ses horreurs, la mort et son silence !

« Vous frémissez, amis ; vous jurez avec moi
« De vaincre pour l'honneur, de mourir pour la foi.
« Aux armes ! L'Ottoman et ses lâches complices
« Accourent à l'envi pour hâter nos supplices.
« Oui, j'ai vu dans leurs camps des Chrétiens apostats,
« Satellites flétris, opprobre des combats,
« Qui, vendus au mépris que leur bassesse affronte,
« Prostituaient l'honneur et marchandaient la honte.
« Guerre ! guerre ! il est temps que notre désespoir
« Aux hordes d'Ismaël arrache le pouvoir ;
« Il est temps de briser sous l'effort de nos armes
« Ce colosse élevé sur la cendre et les larmes :
« Marchons : qu'à notre aspect le Scythe épouvanté
« Abaisse le croissant devant la liberté. »

Il dit, et ces vengeurs d'une sainte querelle
Courent au champ de gloire, où la foi les appelle.
Le ciel entend leurs vœux ; et, semant le trépas,
Le glaive du Seigneur marche devant leurs pas.

O Grèce, poursuis donc tes nobles destinées ;
Recommence le cours de tes grandes années.
Ainsi ton Dieu l'ordonne ; et ses desseins secrets,
Au rapide avenir confiant ses décrets,
Comme au temps où Sion soupirait dans les chaînes,
Préparent des tyrans les disgraces prochaines.

Ne dis plus, que l'Europe en sa fausse pitié
Daigne t'offrir à peine une avare amitié;
Et croit pour un peu d'or soustrait à sa mollesse
D'un coupable sommeil expier la faiblesse.
Non : tes maux ont ému les peuples et les rois;
Tu les verras bientôt, défenseurs de tes droits,
Déployant sur les mers leur volonté puissante,
Porter vers le Bosphore une paix menaçante.
Ah! puissent leurs vaisseaux apparaître à tes yeux,
Tels qu'au sein de l'orage un astre radieux!
Puissent-ils, sur ta rive accueillis par la gloire,
D'un laurier tutélaire embellir ta victoire!
Qui combat pour la foi, l'honneur, la liberté,
Consacre ses efforts à l'immortalité!

9 782013 088138